검은 파도가 몰려온다

내가 만난 재난 ①

검은 파도가 몰려온다 – 2011년 동일본대지진과 쓰나미

개정판 처음 인쇄한 날 2025년 3월 5일 | **개정판 처음 펴낸 날** 2025년 3월 20일

글 로렌 타시스 | **그림** 스콧 도슨 | **옮김** 신재일
펴낸이 이은수 | **편집** 오지명, 박진희 | **디자인** 원상희
펴낸곳 초록개구리 | **출판등록** 2004년 11월 22일(제300-2004-217호)
주소 서울시 종로구 비봉2길 32, 3동 101호 | **전화** 02-6385-9930 | **팩스** 0303-3443-9930
인스타그램 instagram.com/greenfrog_pub

ISBN 979-11-5782-269-0 73840

내가 만난 재난 ① 2011년 동일본대지진과 쓰나미

검은 파도가 몰려온다

글 **로렌 타시스** | 그림 **스콧 도슨** | 옮김 **신재일**

초록개구리

I Survived : The Japanese Tsunami, 2011 by Lauren Tarshis
Text Copyright © 2013 by Lauren Tarshis.
Copyright © 2018 by Dreyfuss Tarshis Media, Inc.
By arrangement with the proprietor. All rights reserved.
Korean translation copyright © 2015, 2025 by Green Frog Publishing Co.
Korean translation rights arranged with BRANDT & HOCHMAN LITERARY AGENTS, INC.
through Eric Yang Agency.

이 책의 한국어판 저작권은 EYA (Eric Yang Agency)를 통해 Brandt & Hochman Literary Agents, Inc.과
독점 계약한 초록개구리에 있습니다.
저작권법에 의하여 한국 내에서 보호를 받는 저작물이므로 무단 전재 및 복제를 금합니다.

차례

거대한 검은 파도 ·············· 7
벚나무의 마법 ·············· 10
아름다운 마을 ·············· 18
흔들리는 집 ·············· 24
숨을 쉬어, 숨을 ·············· 29
괴상한 회색 구름 ·············· 34
검은 파도가 몰려온다 ·············· 43
물속에서 탈출하기 ·············· 48
물 위에서 둥둥 ·············· 54
아빠가 알려준 것 ·············· 61
쓰나미의 끝 ·············· 68
벤의 임무 ·············· 74
집으로 가는 길 ·············· 81

작가의 말 ·············· 88
한눈에 보는 재난 이야기 ·············· 94

✽일러두기
이 책의 배경인 '소가하마'는 작가가 상상으로 만들어 낸 마을입니다.

거대한 검은 파도

2011년 3월 11일 오후 2시 46분
일본 소가하마

처음에 파도는 잔잔했다.

그저 거대한 태평양에 이는 잔물결이었다.

하지만 곧 파도는 제트기보다 더 빠르게 움직였다.

물결은 일본 해안으로 다가오며 거세졌다. 물결은 점점 더 커지더니 마침내 어마어마한 벽을 이루었다. 수십 미터 높이의 파도가 수백 킬로미터쯤 길게 이어졌다. 그 거대한 파도는 모든 것을 닥치는 대로 무너뜨렸다.

파도는 사람들이 모여 사는 도시로 곧장 들이닥쳐 건물을 파괴하고, 공장을 집어삼키고, 고가도로와 다리를 엉망으로 부숴 버렸다. 아기자기한 마을을 휩쓸고 가면서 소나무 숲을 무너뜨리고, 논을 진흙탕과 쓰레기장으로 만들어 버렸다. 조용한 바닷가 마을의 고깃배는 사람들이 다니는 길거리로 주사위처럼 곤두박질치면서 상점과 집을 산산조각 내 버렸다.

열한 살 벤 쿠도는 소가하마에 있는 작은 마을의 거리에 서서 그 파도가 밀려오는 것을 바라보았다. 처음에는 마치 바다 위로 연기구름이 피어오르는 것 같았다.

배에 불이라도 났나?

하지만 그때 사이렌이 울렸다.

사람들의 겁에 질린 목소리가 여기저기에서 터져 나왔다.

벤은 일본어를 몰랐다. 그래도 이 한 마디는 알아들었다.

쓰나미!

잠시 뒤, 거품이 이는 거대한 검은 파도가 바닷가에 와 부딪혔다.

벤과 가족들은 자동차를 타면 이 파도로부터 도망칠 수 있을 거라고 생각했다. 하지만 파도는 금세 벤과 가족들을 따라잡았다. 그리고 눈 깜짝할 사이에 벤은 혼자 남았다. 파도가 벤을 움켜쥐더니 마구 끌어당겼다. 빙빙 도는 파도가 벤을 마구 흔들며 잡아 뜯었다. 마치 토네이도 안에 갇힌 새처럼 벤의 몸이 빙글빙글 돌았다.

온몸으로 공포가 밀려왔다.

벤은 물에 가라앉고 있었다!

벤은 온 힘을 다해 파도와 싸웠다. 하지만 파도는 벤을 가만 놔두지 않았다. 사나운 괴물의 입 안에 있는 것 같았다.

빠져나갈 방법이 없었다.

벚나무의 마법

그날 오전 7시 45분
일본 소가하마

경기 종료까지 10초를 남겨 두고 동점이 되었다. 벤은 공을 몰아가면서 앞으로 나아갔다. 벤은 상대편 선수들 주위로 이리저리 몸을 재빨리 움직였다. 그 아이들은 키가 3미터는 되어 보였다. 관중들은 소리 높여 응원했다. 여느 때처럼 아빠 목소리가 사람들 너머로 울려 퍼졌다.

"넌 할 수 있어, 벤!"

마음속으로 초를 거꾸로 세기 시작했다.

4, 3, 2······.

벤은 공을 쏘아 올렸다.

공이 농구대의 바스켓을 향해 나아가더니 텅 빈 공중에 꽂

했다…….

그때 벤의 눈이 뜨였다.

벤은 벌떡 일어나 침대 위에 앉았다. 온몸이 땀에 흠뻑 젖고 숨을 쉬기가 힘들었다. 벤은 곧 자신이 미국 캘리포니아에 있지 않다는 사실을 떠올렸다. 벤은 일본 소가하마의 작은 마을에 있는 삼촌 집에 있었다.

다섯 살 남동생 해리는 벤 옆에서 잠에 푹 빠져 있었다. 하지만 이제 해리도 일어나 앉았다.

"무서운 꿈 꿨어?"

해리가 물으며 땀에 젖은 벤의 등에 자그마한 손을 얹었다.

벤은 어깨를 으쓱하며 해리의 손을 떨쳐냈다.

"뭐 그다지 나쁜 꿈은 아니야."

벤이 떨리는 목소리를 가라앉히며 조심스레 대답했다.

벤은 자신이 느끼는 슬픔과 두려움을 해리에게 절대 알리고 싶지 않았다. 게다가 아빠에 대한 꿈은 결코 나쁜 꿈이 아니었다.

하지만 이 꿈은 아빠가 돌아가셨다는 사실을 또다시 또렷하게 일깨워 주는 고문이었다. 아빠는 미국 공군의 F16 전투기 조종사라서 전 세계를 돌아다니며 위험한 임무를 해냈다. 하지만 네 달 전, 벤과 해리에게 줄 도넛을 사서 집으로 돌아오는 길에 캘리포니아 공군 기지 근처에서 교통사고로 돌아가셨다.

사고가 일어나기 몇 달 전, 아빠는 깜짝 놀랄 만한 소식을 발표했다. 아빠가 열 살 때까지 살았던 일본의 바닷가 마을 소가하마로 가족 여행을 가겠다고 말이다. 여행은 벤의 학교가 방학을 하는 3월에 가기로 했다. 벤의 가족은 삼촌 토메오 집에서 지내기로 했다. 모두가 토메오를 '오지상'이라고 불렀는데, '오지상'은 일본어로 '삼촌'이라는 뜻이란다.

벤은 늘 소가하마에 가는 것을 꿈꿔 왔다. 벤에게 오지상은 멀리 떨어져 있는 삼촌이라기보다는 할아버지 같은 느낌이었다. 삼촌은 일 년에 서너 번 캘리포니아에 다녀가곤 했다. 그래서 벤은 아빠가 그 마을에서 자랐던 이야기를 숱하게 들었다. 벤은 어서 빨리 직접 그곳을 보고 싶었다.

하지만 아빠 없이는 아니었다.

엄마가 예정대로 여행을 가겠다고 했을 때 벤은 믿을 수가 없었다. 벤은 가지 말자고 엄마에게 졸랐지만 엄마는 마음을 결코 바꾸지 않았다.

"저 달콤한 미소에 속으면 안 돼. 엄마는 누구보다 더 다부지다니까."

아빠는 자랑스러운 듯 미소를 지으며 말하곤 했다. 엄마도 벤을 낳기 전까지 공군에 있었다.

엄마는 소가하마에 가고 싶어 했다. 그래서 모두 여기에 와 있는 것이다.

해리가 침대에서 빠져나왔다. 영화 〈스타 워즈〉의 다스 베이더가 그려진 잠옷이 해리의 마른 어깨 위로 축 늘어졌다. 오지상의 고양이 니아가 침대 발치에서 잠들어 있었다. 해리는 니아를 안아 올렸다. 털이 듬성듬성 빠진 걸 보니 이 고양이는 분명 백 살은 먹었을 거다. 자그마한 몸집에 말라깽이고, 꼬리는 알파벳 제트(Z)처럼 굽었다. "야옹!" 하고 얌전하게 울지 않고 비명을 질러 대서 벤은 귀가 아팠다.

"미야옹! 미야옹!"

벤은 해리가 이 고양이를 무시했으면 했다. 그래야 고양이가 둘을 내버려 둘 테니까. 하지만 해리는 니아가 마치 〈스타 워즈〉에 나오는 제다이 기사라도 되는 것처럼 굴었다. 그런데 어찌된 일인지, 이 늙은 고양이는 해리를 전혀 신경 쓰지 않았다. 해리가 〈스타 워즈〉 놀이를 한다고 광선 검을 든 채 보이지 않는 적을 쫓아다니며 자기를 집 안 여기저기 질질 끌고 다니는데도 말이다.

해리는 니아의 머리에 뺨을 비비며 해맑은 눈으로 벤을 바라보았다.

"아침 먹은 다음에 나무에 오르는 것 좀 도와줘, 형! 나, 소원 빌어야 해."

이런, 날 좀 가만 놔뒀으면!

아빠가 소가하마에 대해 들려주었던 이야기 중 하나는 벚나무에 마법이 걸려 있다는 것이다. 벚나무 꼭대기에 올라가 소원을 빌면 이루어진다고 아빠가 말했다.

벤은 아빠가 그저 동화 같은 이야기를 했다는 걸 안다. 하지만 해리는 모두 다 믿었다. 해리는 그 주 내내 오지상의 자그마한 앞마당에 있는 벚나무를 눈여겨보면서 비가 그치기를 기다리고 있었다. 비가 그쳐야 나무에 오를 수 있으니까. 이제 하늘은 맑아졌다. 해리는 나무에 오를 준비를 했다.

"내가 무슨 소원 빌 줄 알아?"

해리가 벤에게 몸을 가까이 기대며 물었다. 해리의 적갈색 눈동자가 빛났다.

"아빠가 우리한테 다시 돌아오게 해 달라고 빌 거야."

그 말에 벤의 목이 멨다. 벤은 찌를 듯이 큰 소리로 외쳤다.

"해리, 아빠는 돌아가셨잖아. 다시 돌아오게 할 수는 없어."

해리의 눈에 눈물이 고였다.

"두고 봐!"

해리가 소리치며 니아를 품에 꼭 끌어안은 채 방을 빠져나갔다.

갑작스레 벤도 눈물이 터져 나왔다. 하지만 벤은 얼른 몸을 일으켜 세웠다. 거칠게 눈물을 닦아 내고는 마음을 추스렸다.

벤은 다부져야 했다, 아빠처럼.

아빠가 마지막으로 아프가니스탄을 비행할 때, 그때 벤은 갓난아기였는데, 아빠가 몰던 F16 전투기의 엔진이 폭발했다. 아빠는 적군의 땅 위에 있는 비행기에서 탈출해야 했다. 그런데 낙하산을 타고 내려오다가 그만 발목이 부러졌다. 그래도 아빠는 적군이 아빠를 찾아내기 전에 가까스로 산 속으로 숨어들었다. 아빠는 6일 동안 동굴에 숨어 있다가 마침내 미국 해병대가 탄 헬리콥터에 구조되었다.

벤은 어둠 속에서 강철 같은 눈빛으로 서 있는 아빠의 모습을 그려 보았다. 아빠는 절대로 슬퍼하거나 울지 않았을 것이다.

그래서 벤도 그러기로 결심했다.

벤은 해리를 찾아 나섰다. 나무에 오르는 걸 도와준다고 해서 나쁠 건 없을 것 같았다. 하지만 너무 늦었다. 벤이 부엌 문을 향해 걸어가고 있는데, 해리의 비명이 들렸다.

벤은 허둥지둥 밖으로 달려 나갔다. 어린 동생이 벚나무 아래에 몸을 웅크린 채 누워 있었다. 온통 피범벅이었다.

아름다운 마을

의사가 해리를 내려다보고 있었다. 벤은 엄마와 오지상 사이에 서 있었다. 해리가 땅바닥에 누워 있는 걸 본 순간부터 벤은 배가 뒤틀렸다. 어린 동생은 끔찍해 보였다. 코에는 피딱지가 앉았고 팔뚝에는 커다란 상처가 있었다.

겉으로 보기에는 심하게 다친 것 같은데, 몹시 아프지는 않은 것 같았다. 떨어지기 전에 나뭇가지에 걸리는 바람에 땅에 그리 세게 부딪히지는 않았나 보다. 게다가 비 온 뒤라 땅이 부드러웠다.

사토라는 이름의 의사는 해리를 아주 조심스럽게 진찰했다. 그러고는 해리의 이마에 손을 가져다 댔다.

"네 몸은 고무로 된 모양이구나, 해리. 땅에 떨어질 때 통통 튀어 오르지는 않았니?"

의사가 완벽한 영어로 물었다.

"그런 것 같아요!"

해리가 소리쳤다.

이 말에 모두가 웃음을 터뜨렸다. 벤조차도. 벤은 자기 입에서 나온 소리에 깜짝 놀랐다. 아주 오랜만에 듣는 웃음소리였다.

"살짝 찢어진 팔을 치료해야 해. 그저 몇 바늘 꿰맬 거야."

사토 의사가 말했다.

이런.

"안 돼요!"

해리가 꽥 비명을 질렀다.

해리에게 코브라를 보여 주면, 해리는 웃으며 코브라를 만질 것이다. 하지만 자그마한 바늘은 해리를 공포로 몰아넣었다.

의사가 해리 근처에도 가지 못할 것이라고 벤은 확신했다.

하지만 의사는 분명 천재였다.

의사가 엄마에게 말했다.

"부인, 다스 베이더 팔에 상처가 있는 게 사실인가요?"

해리가 울음을 뚝 그쳤다.

엄마가 진지한 표정을 지으며 대답했다.

"있지요. 그렇지, 벤?"

벤이 웃음을 꾹 참으며 대답했다.

"물론이죠. 광선 검으로 싸우다가 생겼어요."

모두가 해리를 바라보았다. 해리는 마침내 숨을 깊게 내쉬면서 딸꾹질을 했다.

"나에게도 상처가 생길 수 있어요?"

해리가 나긋나긋 물었다.

"내가 꿰매는 동안 네가 아주 얌전히 있으면……."

의사가 말했다.

해리가 의사에게 팔을 쑥 내밀었다.

"자, 하세요."

45분 뒤, 해리는 꿰맨 상처를 자기 생애 최고의 생일선물이라도 되는 것처럼 좋아했다. 벤의 가족은 모두 의사에게 고맙다고 인사했다.

　벤과 해리, 엄마는 오지상의 자그마한 차를 함께 타고 소가하마로 돌아갔다. 길은 좁았고, 돌로 된 높다란 담이 구불구불 이어졌다. 창밖을 보니 태평양의 파도가 바위투성이 암벽에 부딪혔다. 맞은편으로는 논과 산이 펼쳐졌다. 산은 새파

란 하늘을 배경으로 높이 솟아 있었다.

엄마가 말했다.

"너희 아빠가 옳았어. 여기가 세상에서 가장 아름다운 곳 같아."

"오랫동안 지내다 가세요."

오지상이 말했다.

"그러고 싶어요!"

해리가 소리쳤다.

벤은 그러고 싶지 않았다. 이틀 뒤에 떠난다는 사실이 기뻤다.

벤은 오지상이 보고 싶었다. 하지만 이곳에 오니 벤은 마음이 약해졌다. 매일 밤 아빠 꿈을 꾸며 내내 아빠 생각을 했다.

캘리포니아에서 벤은 마음을 겨우 다잡았었다.

쉽지 않았다. 벤은 그렇게나 열심히 매달렸던 농구를 포기했다. 농구는 벤과 아빠가 즐겨하던 운동이었다. 하지만 아빠의 사고 이후, 농구공이 통통 튕기는 소리가 총알처럼 벤의 가슴에 와 박혔다.

벤의 방에는 아빠 사진이 더 이상 없었다. 침대 머리맡에 붙여 두었던 F16 포스터도 뜯어내 버렸다. 엄마가 굳게 잠긴 벤의 방문을 똑똑 두드릴 때, 벤은 숙제를 하는 중이라고 말했다. 해리가 같이 놀고 싶어 했지만 벤은 저리 가라고 말했다.

벤의 방은 아빠가 아프가니스탄에서 추락한 뒤 숨어 지내던 동굴로 변해 버린 것 같았다. 벤은 이따금 외로웠다. 하지만 적어도 자기 동굴에서만큼은 마음이 편했다.

흔들리는 집

그날 오후 2시 40분

해리는 병원에 다녀오더니 몹시 지쳤다. 엄마는 피 묻은 잠옷을 갈아입히고 해리를 침대에 눕혔다. 잠깐 사이에 해리는 니아를 배 위에 올려둔 채 잠이 들었다.

벤이 부엌에서 주스를 따르고 있는데, 오지상이 들어왔다.

"산책할래?"

오지상이 차분하게 물었다.

"아니요, 오지상. 저도 좀 피곤한 것 같아요."

벤은 살짝 미안한 마음으로 대답했다.

둘은 늘 이런 식이었다. 매일 오지상은 벤을 데리고 마을 이곳저곳을 다니고 싶어 했다. 그리고 매일 벤은 변명거리를 생각해 냈다. 아빠가 숨바꼭질을 하던 소나무 숲도, 아빠가 낚시를 배우던 항구도 보고 싶지 않았다. 오지상이 들려주는 아빠 이야기는 뭐든 듣고 싶지 않았다.

벤은 오지상의 눈길을 피하기 위해 부엌을 슬그머니 빠져나왔다.

방 안으로 발을 내딛는데 해리가 갑작스레 일어나 앉았다. 꿈꾸는 얼굴이었다. 완전히 잠이 깬 건지 벤은 궁금했다.

해리가 차분하게 말을 건넸다.

"형, 나 꼭대기까지 올라갔다."

"무슨 꼭대기?"

벤이 해리 옆에 앉으며 물었다.

"벚나무. 떨어지기 전에 소원 빌었어, 형. 소원을 빌었다고!"

해리의 눈이 빛났다.

벤이 미처 말을 꺼내기도 전에, 니아가 갑자기 껑충 뛰어오르며 울었다. 니아는 털을 빳빳하게 세우더니 해리의 팔에 코를 비벼 대기 시작했다. 해리를 침대에서 굴러 떨어뜨리고 싶어 하는 것 같았다.

이 늙은 고양이가 이젠 미쳐 가는 건가?

곧이어 이상한 소리가 들렸다. 아주 깊은 울림이었다.

서랍장 위에 놓인 물 잔이 살짝 흔들렸다.

처음에 벤은 전투기가 머리 위로 지나가나 보다 생각했다. 캘리포니아 집 근처에서 비행기들이 기지로 돌아갈 때처럼.

하지만 우르릉 소리가 점점 더 커지더니 침대가 흔들렸다.

해리가 소리쳤다.

"형! 무슨 일이야?"

벤은 덜컥 겁이 났다.

오지상이 집 어디에선가 소리쳤다.

"벤! 해리! 지신! 지신!"

벤은 오지상이 외치는 일본어가 무슨 말인지 이해할 필요가 없었다.

지진이다!

침대가 점점 더 심하게 흔들리더니 마침내 벤과 해리는 침대 위에서 이리저리 튕겼다. 벤은 침대에서 떨어지지 않도록 해리를 있는 힘껏 꽉 붙잡았다. 마치 물살이 센 바다에서 파도타기를 하는 것 같았다.

쿵!

서랍장이 넘어졌다.

와장창!

전등이 바닥으로 떨어지면서 전구가 산산조각 났다.

"미야옹!"

니아가 날카롭게 울었다.

하지만 곧이어 이 모든 소리를 보잘것없게 하는 엄청난 소리가 들렸다. 마치 땅이 울부짖는 소리 같았다. 그 소리는 벤의 귀에 박혀 머리를 두드려 댔다.

"형, 어떻게 좀 해 봐!"

해리가 소리쳤다.

하지만 벤도 어쩔 수가 없었다. 벤은 지진이 그렇게나 오랫동안 이어지리라고는 생각하지 못했다. 캘리포니아에서도 땅이 흔들린 적이 있었다. 하지만 몇 초 이상 이어진 적은 한 번도 없었다. 이렇게 심하게 흔들리지도 않았다!

벤은 지구 어느 곳보다 일본에서 지진이 훨씬 많이 일어난다는 사실이 갑자기 생각났다. 과학 시간에 1920년대에 도쿄를 파괴했던 지진에 대해, 그리고 1990년대에 고베에서 발생했던 지진에 대해서 배운 적이 있었다.

어떻게 벤이 그걸 까맣게 잊을 수가 있었을까?

벤은 일본에서는 높은 건물을 지을 때, 강한 지진에 견딜 수 있게 짓는다는 사실도 배웠다. 바람 부는 날 풀잎처럼 흔들리도록 짓는다고.

그런데 이 마을의 건물들은 무척 낡아 보였다. 오지상의 집은 나무와 회반죽으로 지었다. 그리고 지붕엔 다른 집들처럼 붉은 기와가 덮여 있다.

오지상의 집이 이런 지진을 견뎌 낼 수 있을까?

그 대답은 엄청난 소리가 대신해 주었다.

"형, 저기 봐!"

해리가 위쪽을 가리키며 소리쳤다.

천장이 쩍하고 갈라지더니 틈이 점점 더 커졌다.

순식간에 지붕이 내려앉았다.

이곳에서 빠져나가야 했다!

숨을 쉬어, 숨을

벤은 해리의 손을 움켜잡았다. 그리고 해리를 잡아끌며 문 쪽으로 기어갔다. 문을 밀어 보았다. 하지만 문은 꼼짝하지도 않았다. 방바닥이 갈라지고 무너졌기 때문이다.

이제 어쩌지? 벤과 해리는 방 안에 갇히고 말았다!

벤의 마음속에 공포가 소용돌이쳤다. 여기 그대로 있을 수는 없었다! 하지만 어디로 갈 수 있을까? 벤은 온몸이 꽁꽁 얼어붙었다. 심장은 튀어나올 듯 뛰었다. 너무 정신이 없으니 생각을 제대로 할 수가 없었다.

F16 전투기가 추락하리라는 걸 알았을 때 아빠도 이런 기분이었을까?

아빠는 교통사고가 나기 얼마 전에야 비행기가 추락했던 이야기를 벤에게 들려주었다. 집 건너편 농구장에 있을 때였다. 아빠는 전쟁터에서 있었던 일을 웬만해서는 얘기하지 않았다. 하지만 통 통 통 울려 퍼지는 농구공 소리에 마음이 풀렸는지 아빠가 이야기를 꺼냈다.

아빠는 비행기 엔진이 폭발했을 때, 조종석 앞 계기판의 신호들이 정신없이 번쩍였을 때, 어떤 일이 일어났는지 이야기해 주었다.

아빠는 약 7킬로미터 높이에서 시간당 약 800킬로미터 속도로 하늘을 날고 있었다. 언제라도 비행기 전체가 불길에 휩싸일 수 있었다. 살 수 있는 방법은 커다란 노란색 레버를 당겨 비행기에서 탈출한 다음 드넓은 하늘로 떨어지는 것뿐이었다.

조종석 지붕은 투명한 플라스틱으로 만들어져, 탈출 레버를 당기면 펑하고 터지게 되어 있었다. 그리고 조종석 의자 아래 설치된 자그마한 폭발물이 모든 의자를 공중으로 날아올리면 낙하산이 펼쳐진다.

하지만 조종석 지붕이 열리지 않아 머리가 쾅 부딪히면 어쩌지? 낙하산이 펼쳐지지 않아 땅으로 곧장 떨어지면 어쩌지? 아빠는 탈출하다가 벌어지는 끔찍한 이야기를 많이 알고 있었다. 많은 조종사들이 비행기에서 탈출하다가 목숨을 잃거나, 심하게 다쳐서 두 번 다시 걷지 못했다.

끔찍한 생각이었다. 아빠는 이런 순간을 위해 훈련을 받았다. 적군이 쏘아 보내는 대포알을 뚫고 날아오르도록, 엄청난 비 속에서도 비행기를 착륙시키도록, 자신이 탄 제트기를 향해 날아오는 미사일을 피하도록…….

"두려움은 언제나 있지. 하지만 절대 두려움에게 져서는 안 돼."

아빠는 벤에게 이렇게 말하더니 공을 통통 튕기며 농구대 앞에 섰다. 그리고 바스켓을 뚫어지게 보고는 공을 던졌다.

"네가 선택해야 한단다. 살 것인지, 죽을 것인지. 허둥대면 넌 끝이야."

슝.

이제야 벤은 아빠가 자신에게 무어라 말했는지 떠올랐다.

아빠가 말했다.

"훈련할 때, 위험한 순간이 오면 눈을 감으라고 배운단다. 그리고 숨을 깊이 들이쉬어. 숨 쉬고, 숨 쉬고, 숨을 쉬어. 어떻게든 정신을 차려, 그래야 할 일을 할 수 있지."

벤은 눈을 꼭 감았다. 숨을 깊게 들이쉬기가 어려웠다. 고무줄이 가슴을 칭칭 동여맨 것 같았다. 그래도 아빠가 했던 말을 계속 생각했다.

숨을 쉬어.

숨을 쉬어.

숨을 쉬어.

웬일인지 마음이 차분해졌다. 몸도 편안해졌다.

벤은 자기도 모르게 해리를 꽉 움켜잡았다. 그리고 해리를 침대로 이끌었다. 침대에는 튼튼한 금속 다리가 있었다. 벤은 침대 밑으로 해리를 밀어 넣고 나서 자신도 허둥지둥 침대 밑으로 기어 들어갔다.

해리가 소리쳤다.

"잠깐만! 니아는?"

니아는 놀라서 방 한가운데에 꽁꽁 얼어붙어 있었다.

해리가 기어 나가려고 하자 벤이 발목을 잡고 도로 잡아당겼다.

"니아를 데려와야 해!"

해리가 벤에게 소리쳤다.

벤은 침대 밑에서 미끄러져 나와서는 니아의 꼬리를 잡았다. 니아가 사납게 울어 대며 벤을 할퀴었다. 벤은 가까스로 니아를 끌어당겼다.

벤은 겨우 침대 밑으로 몸을 숨겼다. 그 순간 방이 폭발하는 것 같았다.

천장이 무너져 내렸다.

괴상한 회색 구름

마침내 흔들림이 멈추었다.

방 안은 칠흑처럼 어두웠다. 해리가 희미하게 흐느끼는 것 말고는 사방이 쥐 죽은 듯 고요했다.

"형?"

해리가 울먹이며 벤을 불렀다.

"우린 괜찮아."

벤이 말했다.

어찌된 일인지 벤과 해리는 괜찮았다. 먼지가 가라앉자, 방 바닥 위에 여기저기 흩어져 있는 부서진 물건들이 벤의 눈에 들어왔다. 깨진 기왓장, 거대한 나무 조각들과 회반죽…….

침대 덕분에 두 사람은 살아남았다.

다시 공포가 스멀스멀 피어올랐다. 차가운 느낌이 벤의 등골을 타고 슬슬 기어올랐다. 벤의 머릿속에 궁금증이 마구 휘몰아쳤다.

엄마하고 오지상은 어디 있는 걸까?

집은 어떻게 된 걸까?

벤과 해리는 지진에서 겨우 살아남았다. 엄마하고 오지상이 안전한 곳을 찾지 못했으면 어쩌지? 지진이 또 시작되면 어쩌지? 어쩌지? 어쩌지?

벤은 눈을 감은 다음 숨을 깊이 몰아쉬고 또 몰아쉬었다. 서서히 마음이 가라앉자 엄마가 아빠처럼 공군에서 훈련받은 사람이라는 생각에 이르렀다. 엄마는 자신을 돌보는 방법을 알고 있었다. 그리고 오지상은 이 집을 직접 지었다. 오지상은 어디가 안전한지 알 거다.

해리가 벤에게 몸을 바짝 기대며 힘겹게 소리쳤다.

"무서워."

해리는 엉엉 울었다. 벤은 동생의 등을 토닥이며 달래려고 애썼다. 그렇지만 해리는 이제 비명을 질러 댔다. 의사가 상처를 꿰매야 한다고 말했을 때보다 더 심하게. 아무리 등을 토닥여도 소용이 없었다.

"제다이 기사는 용감해. 이제 상처가 생겼으니, 넌 분명 용감해야 해."

효과가 있는 것 같았다.

해리가 훌쩍이더니 소매로 코를 쓱 문질렀다. 그리고 니아를 바싹 끌어안으며 속삭였다.

"우린 용감해야 해, 니아."

잠시 후, 발자국 소리가 들렸다.

"벤! 해리!"

"엄마!"

해리가 꽥 비명을 질렀다.

"얘들아, 안 다쳤어?"

엄마 목소리가 먼지를 뚫고 분명하고도 또렷하게 울려 퍼졌다.

"우린 괜찮아요! 침대 밑에 있어요."

벤이 용감하게 들리길 바라며 소리쳤다.
"거기 그대로 있어!"
오지상이 소리쳤다. 오지상도 그곳에 있었다!
산산조각 난 물건들 사이로 엄마와 오지상이 통로를 냈다. 그 시간은 벤과 해리에게 무척 길게 느껴졌다. 곧 엄마와 오지상이 방 안으로 들어왔다. 엄마가 무릎을 꿇고 침대 밑에

있는 벤과 해리를 들여다보았다. 엄마 얼굴은 먼지와 땀으로 죽죽 얼룩이 져 있었다. 그래도 눈동자에는 안도감이 어렸다.

"이제 나와도 돼."

엄마가 아이들에게 얘기했다.

벤은 해리를 엄마 품속으로 밀었다. 그러고는 해리를 따라 밖으로 나왔다.

엄마는 아이들을 품에 꼭 안았다. 요사이 벤은 엄마의 포옹을 슬쩍 피해 왔다. 하지만 지금은 아니었다. 두꺼운 스웨터를 통해 엄마 심장이 쿵쾅거리는 게 느껴졌다. 니아는 기어 나와 해리의 다리에 얼굴을 파묻었다.

"아주 영리했어, 침대 밑에 숨다니!"

엄마가 아이들을 바라보며 말했다.

"형이 우리를 도와줬어."

해리가 말하며 니아를 다시 들어 올렸다.

엄마는 벤을 바라보았다. 그리고 손을 내밀어 벤의 뺨을 어루만졌다. 벤은 왠지 모를 자부심에 얼굴이 달아올랐다.

그렇지만 이야기할 시간이 없었다. 엄마는 해리의 신발을 찾아서는 해리에게 신겨 주었다.

오지상이 바닥에서 니아를 들어 올리고는 해리에게 건네며 말했다.

"어서 밖으로 나가야 해. 엄청난 지진이 일어났어. 분명 여진이 올 거야. 이 집은 안전하지 않아."

그때 지진이 오지상의 말을 듣기라도 한 것처럼, 엄청난 소리와 함께 남아 있던 천장이 마저 바닥으로 와장창 내려앉았다.

모두들 무너져 내린 가구와 책 더미, 깨진 잔을 밟으며 허겁지겁 집을 빠져나왔다. 집은 아직 형체가 남아 있기는 했지만 언제라도 무너져 내릴 것 같았다. 밖으로 나오니 벤은 마음이 놓였다. 모두들 마당을 가로질러 거리로 나아갔다. 큰 나무 몇 그루는 쓰러졌지만 앞마당의 벚나무는 그대로 있었다.

"여기에서 기다리거라."

오지상이 말했다. 오지상은 서둘러 이웃들이 모여 있는 거리 한가운데로 나아갔다. 길가에 있는 집 세 채가 완전히 폭

삭 내려앉았다. 그래도 다친 사람들은 없어 보였다.

엄마, 벤, 해리는 추위 속에서 서로 부둥켜안았다. 해리는 니아를 꼭 안았다.

"최악의 상황은 끝났어."

엄마가 말했다.

맞아, 벤은 혼잣말을 했다. 저 지진만큼 끔찍한 것은 없을 것이다.

하지만 그때, 오지상이 거리 끝으로 가는 게 보였다. 오지상은 다른 남자 두 명하고 함께 서 있었다. 모두들 멀리 있는 바다를 심각한 얼굴로 바라보고 있었다.

벤은 오지상의 눈길이 닿는 곳을 따라가 보았다. 그리고 마침내 사람들이 무엇을 바라보는지 깨달았다. 바다 위에 괴상한 회색 구름이 둥둥 떠 있었다.

무슨 연기처럼 보였다.

배에 불이라도 났나?

그건 말이 안 된다. 저렇게 큰 배가 어디 있단 말인가?

그때 사이렌이 울려 퍼졌다.

문득 벤은 그것이 구름이 아니란 것을 알았다.

불도 아니었다.

그건 파도였다.

거대한 파도, 건물보다 더 높은 파도. 무척이나 거대해서 도대체 어디가 시작이고 어디가 끝인지 알 수가 없었다. 바다를 가로질러 끝없이 펼쳐진 것 같았다.

오지상이 외쳤다.

"쓰나미다!"

검은 파도가 몰려온다

생각할 시간조차 없었다.

"어서 차에 올라 타!"

오지상이 큰 소리로 외쳤다.

엄마가 해리를 안아 올렸고, 모두 있는 힘껏 달려가 차에 뛰어들었다. 엄마는 앞 좌석에 앉더니 해리를 무릎 위로 끌어 당겼다. 벤은 뒷좌석에 몸을 던졌다.

벤이 차 문을 닫기도 전에 오지상이 시동을 걸었다. 차가 쌩하고 주차장을 빠져나갔다.

오지상이 왜 이렇게 허둥거리는 거지? 왜 모두 정신없이 달려가는 걸까? 바다가 그렇게 가깝지는 않았다. 적어도 걸

어서 5분 정도 걸리는 거리였다. 벤은 파도가 마을 깊숙이까지 들어온다는 이야기를 들어본 적이 없었다. 아마 오지상은 그저 모험을 하고 싶지 않을 뿐인지도 모른다.

도로는 지진 때문에 여기저기 갈라져서, 갈라진 틈을 요리조리 피해 가야 했다. 벤은 뒷좌석에서 이리저리 휩쓸리다 마침내 겨우 안전벨트를 맸다.

"왜 그러는 거야?"

해리가 니아를 꼭 끌어안은 채 소리쳤다. 벤은 고양이가 죽을까 봐 걱정스러웠다.

"바다에서 멀리 도망치는 거야."

엄마가 여느 때처럼 차분한 목소리로 말했다.

그때 이상한 소리가 들렸다. 그 소리는 갑작스레 더 커지더니 지진보다 훨씬 더 크게 으르렁거렸다. 이번에는 제트기가 바로 뒤에 내려앉는 것 같았다.

벤은 뒤를 돌아봤다. 심장이 멎을 것 같았다.

거품이 이는 거대한 물 벽이 길 위로 몰려왔다.

그냥 물이 아니었다. 물속에 살림살이, 망가진 자동차, 나무와 쇠붙이 조각을 싣고 왔다. 파도는 앞으로 나아가며 닥치는 대로 집어삼켰다. 파도가 길 위를 달리던 남자 둘을 완전히 집어삼키는 순간 벤은 숨이 멎을 것 같았다.

이제 파도는 벤의 가족을 쫓아왔다.

오지상은 가속 페달을 밟았다. 엔진이 힘겨운 소리를 내더니 차가 앞으로 슝 나아갔다.

엄마는 뒤로 손을 뻗어 벤의 손을 움켜쥐더니 힘을 주었다. 눈이 서로 마주쳤다. 처음에 벤은 엄마의 표정을 읽을 수가 없었다. 아빠가 교통사고를 당한 뒤에도 본 적 없는, 처음 보는 얼굴이었으니까.

엄마는 두려워하고 있었다.

갑자기 주위가 온통 물로 뒤덮였다. 거품이 이는 시커먼 물이 성난 파도를 타고 피어올랐다.

파도가 자동차 바퀴를 덮치자 자동차가 미친 듯이 빙글빙글 돌았다.

시간이 멎은 듯했다.

물이 더 차오르자 자동차가 뒤뚱거렸다. 벤은 안전벨트에

단단히 묶여 있었다. 엄마와 해리는 오지상을 덮치며 넘어져서 모두 문에 쾅 부딪혔다.

문이 벌컥 열렸다. 오지상이 자동차 밖으로 튕겨 나갔다.

"오지상!"

벤이 비명을 질렀다.

이제 엄마와 해리도 자동차 밖으로 떨어져 나가려 했다! 자동차 문이 활짝 열렸다. 엄마는 한 손으로 핸들에 매달렸다. 나머지 한 손으로는 니아를 움켜잡고 있는 해리를 계속 끌어안고 있었다.

벤은 몸을 앞으로 내밀어 엄마를 잡으려 했지만 안전벨트 때문에 꼼짝할 수 없었다.

벤이 외쳤다.

"엄마! 꽉 잡아요!"

"그러는 중이야!"

벤은 안전벨트와 씨름했다. 마침내 안전벨트를 풀었지만, 엄마를 잡기도 전에 자동차가 옆으로 계속 기울더니 거의 뒤집어지려고 했다. 엄마와 해리, 니아는 차 밖으로 굴러 떨어졌다.

벤은 파도가 가족을 휩쓸어 가는 모습을 공포 속에서 지켜봤다.

벤은 앞 좌석으로 넘어가 식구들을 쫓아 차 밖으로 몸을 던지려 했다. 하지만 이제 물이 더 높이 차오르며 자동차를 앞뒤로 마구 흔들어 댔다. 문이 쾅 닫혔다. 파도가 자동차 지붕을 덮쳤다. 얼음장 같은 물이 벤 주위로 몰려오더니, 눈 깜짝할 사이에 가슴까지 차올랐다. 벤은 문을 열려고 끙끙댔지만 문은 꼼짝도 하지 않았다.

이제 물은 턱까지 차올랐다.

빠져 나갈 방법이 없었다.

물속에서 탈출하기

자동차는 빙빙 돌며 중심을 잃고 점점 더 깊이 가라앉았다. 사방은 칠흑처럼 어두웠다. 더군다나 벤은 너무 정신이 없어서 어디가 위이고 어디가 아래인지 도무지 알 수가 없었다. 물이 가득 찬 상자에 갇힌 기분이었다. 아니면 비행기…….

바다로 추락한 비행기…….

벤은 아빠가 들려주었던 조종사 훈련 이야기가 떠올랐다. F16 전투기 조종사가 되려면 몇 년이 걸렸다. 그러고도 훈련은 끝이 없었다. 언제나 새로운 기술을 배우고 다양한 훈련을 받아야 했다. 아빠는 그중에서 가장 힘든 것이 물속에서 살아남는 훈련이라고 말했다.

군용 비행기 조종사들은 모두 바다에 추락해도 살아남을 수 있도록 훈련을 받는다. 비행기는 빠른 속도로 가라앉고 순식간에 물이 찬다. 최고의 조종사라도 물속에서는 지금 벤처럼 엄청난 혼란에 빠진다.

그래서 공군에서는 조종사들에게 실전 훈련을 시킨다. 일 년에 두 번, 아빠는 특수 훈련 센터에 갔다. 그곳에서 눈가리개를 한 채 가짜로 만든 조종석에 묶여 얼음처럼 차가운 물웅덩이에 풍덩 빠졌다. 아빠는 줄을 풀고 탈출구를 찾아 물 위로 헤엄쳐 가야 했다. 그러는 내내 숨을 참고서……. 처음에는 이따금 실패해서 수색 대원이 아빠를 낚아채 물 위로 이끌어야 했다.

하지만 지금 벤에게는 수색 대원이 없었다. 혼자 힘으로 탈출해야 한다. 아니면 물에 빠져 죽을 것이다.

벤은 눈을 꼭 감고 물에 빠진 비행기에서 탈출하려면 어떻게 해야 하는지, 아빠가 해 준 이야기를 떠올렸다. 조종사가 어떻게 눈 대신 손을 이용하는지, 빠져나갈 방법을 찾을 때까지 통로를 어떻게 찾아내는지. 물에 가라앉은 비행기 속에서 문은 열리지 않는다. 물의 압력으로 문이 닫혀 버리기 때문이다. 조종사는 탈출할 구멍을 찾든가 창문을 부수어야 한다.

이제 물이 벤의 목구멍을 지나 코로 밀려왔다. 벤은 턱을 들고 숨을 깊이 들이쉬었다. 물 위로 떠오르기 전 이것이 마지막 숨이 되리라는 것을 알았다. 벤은 손으로 자동차를 이리저리 더듬었다. 뭐가 손에 닿는지 알아내려고 했다. 좌석, 천장, 창문. 벤은 창문을 내리는 단추를 찾았다. 하지만 아무리 눌러도 꿈쩍하지 않았다. 물속이니 자동차의 전원이 나간 게 틀림없었다.

이제 고작 몇 초 남았다. 폐가 터질 것 같았다. 기운이 빠졌다. 벤은 더듬거리다 마침내 핸들을 찾았다. 오지상의 작은 차에는 공간이 그다지 많지 않았지만, 벤은 무릎을 힘겹게 가슴 쪽으로 당기고 나서 몸을 돌렸다. 그러고는 온 힘을 다해 자동차 창문을 발로 찼다.

쿵.

창문이 살짝 움직였다.

벤은 창문을 차고 또 찼다.

쿵.

쿵.

쿵.

쩍!

벤은 마지막으로 힘을 주었다. 유리가 창틀에서 터져 나왔다.

 벤은 몸을 들어 올려 그 구멍 속으로 꿈틀거렸다. 동시에 차 안으로 몰려드는 물과 싸웠다. 벤은 두 발로 자동차를 밀며 물 위로 몸을 힘차게 들어 올렸다.

 하지만 겨우 숨을 한 번 들이쉬자마자 다시 아래로 빨려 들어갔다. 물은 살아 움직이는 것 같았다. 힘센 팔로 벤을 밀치며 갈기갈기 찢는 것 같았다. 벤이 숨을 쉬기 위해 힘겹게 물 위로 오르려 애쓸 때마다 물은 벤을 움켜잡아 아래로 잡아끌었다.

 이렇게 해서는 물 위로 올라갈 수 없다는 것을 벤은 알았다. 물이 이기고 있었다.

 그때 물 위로 불쑥 솟아오른 거대한 무언가가 흘끗 보였다. 몇 미터 떨어진 곳이었다. 벤은 그것이 무엇인지 전혀 알지 못했다. 잠깐 동안 그것이 고래일지 모른다고 상상했다. 벤은 몸을 쭉 뻗으며 남아 있는 힘을 다해 발을 찼다.

 물 위로 보이는 것은 소파였다!

 벤은 소파 쪽으로 힘겹게 몸을 끌어당겼다. 숨을 꿀꺽 삼키며 폐에 또다시 공기를 채웠다.

입과 코에 역겨운 물이 가득 찼다. 벤은 물을 뱉어내고 콜록콜록 기침을 했다. 코로 숨을 쉬면서 입에 남아 있는 쓰디쓴 맛을 없애려고 했다. 벤은 눈을 깜빡였다. 눈이 불에 덴 듯 아팠다.

벤은 서서히 숨을 골랐다. 앞이 보이기 시작했다. 주위를 둘러보았다. 눈앞에 펼쳐진 풍경을 믿을 수가 없었다.

보이는 것이라고는 물뿐이었다. 갈기갈기 찢긴 나무, 유리와 금속 조각, 그리고 무언가의 부스러기들이 가득한 시커먼 물이 소용돌이치고 있었다.

벤은 다시 머리를 들어 올리고 외쳤다.

"엄마!"

그리고 또 소리쳤다.

"오지상! 해리!"

벤의 목소리가 메아리쳤지만 아무도 대답하지 않았다.

아무도 보이지 않았다.

파도가 모두를 휩쓸어 가 버렸다.

물 위에서 둥둥

몇 분 뒤, 벤은 소파 위에 앉아 둥둥 떠다니고 있었다. 두 팔 안에 얼굴을 파묻은 채. 아침에 보았던 푸르른 하늘은 시커멓게 멍든 잿빛으로 변했다. 파도는 잠잠해지고, 소용돌이는 멎었다. 벤은 바다 한가운데 버려진 사람처럼 이리저리 흘러 다녔다. 평생 이렇게 추웠던 적이 없었다.

이렇게 외로웠던 적도 없었다. 벤은 아빠의 교통사고 이후 몇 주 동안에도 이런 외로움은 느끼지 못했다. 그때 벤은 방 안에 꽁꽁 숨어 있었다. 누구를 만나거나 이야기를 나누고 싶지도 않았다. 아빠의 장례식 이후 몇 주 동안 집에 머물렀던 오지상과도…….

하지만 그 외로움 속에서도, 벤은 엄마가 결코 멀리 있지 않다는 걸 알았다. 해리가 언제나 자신의 방문을 두드리고, 선생님과 친구들이 현관 벨을 눌렀다. 벤은 그 사람들을 모두 멀리했다. 하지만 사람들이 모두 자신을 위해 거기 있었다는 걸 아는 게 얼마나 중요한지 깨달았다.

벤은 기다렸다.

하지만 이제 아무도 없었다.

바람이 세차게 불었다. 벤은 몸을 와들와들 떨었다. 이가 어찌나 세게 부딪히는지, 처음에는 근처 어디에선가 들려오는 날카로운 소리를 듣지 못했다.

"미야옹! 미야옹!"

벤은 고개를 들고 무슨 소리인지 올려다보았다.

소리가 다시 들렸다.

"미야옹! 미야옹!"

벤은 물을 들여다보았다. 물건들이 둥둥 떠다녔다. 전등, 신문, 커다란 곰 인형, 병, 종이, 축구공…….

3미터 정도 떨어진 곳에 매트리스가 둥둥 떠가고 있었는데, 그 위에 뭔가 있었다. 처음에 벤은 그것이 누더기가 된 솜 인형인 줄 알았다. 그러다 문득 제트(Z) 모양의 꼬리를 알아차렸다.

그 소리가 다시 들렸다.

"미야옹! 미야옹!"

니아!

무작정 벤은 물속으로 텀벙 뛰어들었다. 최대한 빠르게 헤엄쳐 둥둥 떠다니는 물건들 사이로 나아갔다. 벤은 매트리스에 다가가 꽉 움켜쥐었다.

"니아! 나야, 벤!"

고양이는 덜덜 떨며 선 채, 흐릿한 파란 눈동자로 벤을 물끄러미 바라보았다.

"나 몰라보겠어?"

이제 정신이 나갔구나, 고양이와 이야기를 하고 있다니. 벤은 생각했다.

고양이는 벤이 누군지 모르는 것 같았다. 그러다 문득 니아의 눈동자가 반짝 빛났다. 니아는 매트리스 가장자리로 절

름거리며 오더니 벤의 얼굴에 코를 가져다 댔다. 그러고는 가르랑거렸다.

니아가 벤에게 코를 비벼 대자 벤의 눈에서 눈물이 터져 나왔다. 이 말라깽이 늙은 고양이가 자신을 구조하러 온 헬리콥터라도 되는 것처럼 갑작스레 마음이 놓였다.

벤은 매트리스 위로 올라가 책상다리를 하고 앉았다. 그러고는 니아를 들어 올려, 해리가 그랬던 것처럼 품에 꼭 안았다. 지진이 일어나고 처음으로 느끼는 고요한 순간이었다.

하지만 평화로운 순간은 오래가지 않았다.

갑작스레 물이 다시 움직였다. 매트리스가 물을 따라 재빨리 흘러가고 있었다. 다만, 이번엔 물이 반대 방향으로 흘렀다. 바다를 향해서…….

무슨 일이지?

지난여름 식구들과 함께했던 바닷가 여행, 지금껏 최고의 주말이 생각났다. 엄마와 해리는 바닷가에 거대한 모래성을 쌓았다. 아빠하고 벤은 몇 시간 동안 파도타기를 하며 바닷가로 밀려오는 거대한 파도를 즐겼다. 그런데 파도가 약해지

자 물이 바다로 쑥 빠져나갔다. 흐르는 물의 힘이 어찌나 센지 아빠는 벤이 쓸려가지 않도록 꼭 잡아야 했다.

지금 또 그런 일이 일어나고 있었다.

거대한 파도가 힘을 잃었다. 바다로 다시 빨려 들어가고 있었다. 물이 벤과 니아를 끌고 갔다.

매트리스는 물을 헤치고 나아가며 둥둥 떠다니는 물건 더미를 밀쳐 냈다.

생각해! 벤은 혼잣말을 했다.

곧 벤과 니아는 바다로 떠내려 갈 것이다!

그때 바로 앞에 무언가가 보였다. 물 위로 솟아오른 키가 크고 앙상한 나무였다. 벤과 니아가 살 수 있는 하나뿐인 기회였다. 어서 빨리 매트리스에서 뛰어내려 나무를 움켜잡아야 했다.

벤은 니아를 안아 올려 목도리처럼 목에 둘렀다. 그러고는 니아에게 말했다.

"날 꼭 잡아."

벤은 일어나 매트리스 위에서 몸을 구부렸다. 니아가 발

톱으로 어깨를 꽉 움켜잡았다. 그래도 벤은 물러서지 않았다. 적절한 때를 놓치지 않으려고 온 정신을 모아 나무를 쳐다보았다.

벤은 마음속으로 숫자를 셌다. 농구 경기에서 공을 던질 때처럼.

5, 4, 3, 2, 1…….

벤은 매트리스에서 뛰어내렸다. 니아는 벤의 등에서 튀어올라 나무 위로 내려앉았다. 벤은 손을 뻗어 나무를 잡으려고 했지만 단단히 쥘 수가 없었다. 손이 꽁꽁 얼어서 나무껍질에서 계속 미끄러졌다.

게다가 물살이 벤을 끌어당기기 시작했다.

아빠가 알려준 것

무언가 벤의 등을 쿡 찔렀다.

벤은 유리 조각에 찔렸다고 생각했다.

하지만 니아였다. 니아는 앞발은 벤에게, 뒷발은 나무에 닻처럼 매달렸다. 니아가 벤을 꼭 잡으려 하고 있었다!

굽은 발톱 열 개가 마치 살갗을 파고드는 것 같았다. 그래도 벤은 이를 악물고 얼음장 같은 손가락으로 나무에 매달리려고 애썼다. 벤은 두 다리로 나무를 꼭 감싸 안았다. 그리고 조금씩 조금씩 어깨와 엉덩이를 움직여 물 밖으로 몸을 내밀었다.

됐다!

니아도 나무 위로 올라갔다.

"고마워, 니아."

벤이 숨을 몰아쉬었다.

고양이한테 또 말을 하고 있다니, 정신이 나갔군. 벤은 생각했다.

물이 바다로 빠져나가는 동안 벤은 나무에 매달려 있었다. 물이 어찌나 빨리 빠지는지 깜짝 놀랐다. 마치 거대한 욕조에서 물이 빠져나가는 것 같았다. 물은 바닥에서 6미터 이상 차 있었지만 몇 분 만에 싹 빠져나갔다.

물이 빠져나간 자리는 무릎 높이의 시커멓고 미끄덩거리는 진흙투성이였다. 냄새가 지독했다. 뭔가 썩은 것 같은 냄새에 벤은 코가 아플 정도였다.

벤과 니아는 나무에서 내려왔다. 벤은 사방에 쌓여 있는 쓰레기 더미를 멍하니 바라보았다. 파도가 집어삼켰던 나무와 금속, 부서진 기왓장, 집과 건물 조각들이 무척 많았다. 살림살이도 어지러이 놓여 있었다. 옷, 책과 잡지, 팔이 떨어져 나간 인형, 찌그러진 야구 모자, 부서진 컴퓨터…….

이 물건들을 사용하던 사람들은 어떻게 된 걸까? 이 옷을 입던 사람, 책장을 넘기던 사람, 인형을 가지고 놀던 사람, 컴퓨터로 야구 점수를 들여다보던 사람은 어떻게 된 걸까?

사람들은 다 어디에 있는 걸까?

벤 혼자만 살아남은 걸까?

어두운 생각이, 파도보다 훨씬 더 어두운 생각이 밀려왔다.

이렇게나 지치고 추웠던 적이 없었다. 진흙에 젖은 옷 때문에 몸이 꽁꽁 얼어붙었다. 뼈가 고드름이 된 것 같았다. 몸은 여기저기 긁히고 찢긴 상처투성이였다.

기운이 하나도 남아 있지 않았다. 아무 생각도 나지 않았다. 진흙 속에서 몸을 웅크리고 싶었다. 그래, 눈을 감아. 이 모든 것을 잊어. 벤이 생각했다.

그런데 갑자기 아빠가 들려준 이야기가 떠올랐다. 아프가니스탄 동굴에서 보냈던 마지막 밤 이야기가.

"난 몹시 상태가 안 좋았단다."

아빠는 몹시 춥고, 배가 고프고, 지쳤다. 발목은 욱신거리고 멜론만 하게 부풀어 있었다. 동굴에는 쥐가 기어 다녀서 잠을 거의 자지 못했다. 나뭇잎을 주워 먹었는데, 그것 때문에 입술이 붓고 목구멍이 아팠다. 물도 없었다. 라디오 건전지도 떨어졌다. 일주일 내내 신호를 보내려 했지만, 저쪽 끝에서는 누군가의 갈라지는 목소리만 들려왔다. 누구 목소리인지 알 수도 없고 구조하러 오는 건지 마는 건지 알 수도 없었다.

아빠가 말했다.

"상황이 좋아 보이지 않았어. 전혀 좋아 보이지 않았지. 훈련 중에 가르쳐 주지 않은 게 한 가지 있었지. 그건 네가 마음으로 알아야 한단다. 아무리 두려워도, 아무리 희망이 보이지 않아도, 희망을 그냥 놓아 버려서는 안 된다는 걸."

그리고 아빠는 희망을 놓지 않았다.

아빠는 쥐를 잡아서 끼니를 때웠다. 엄마와 벤, 그리고 행복했던 때를 떠올리며 마음을 다잡았다. 손가락에 피가 잘 통하도록 팔 운동도 했다.

일주일째 되던 날 아침, 아빠는 헬리콥터가 머리 위에서 시끄럽게 움직이는 소리에 잠을 깼다. 기운이 없어서 제대로 걸을 수가 없었다. 아빠는 가까스로 동굴을 기어 나왔다.

 아빠는 제때에 나와 머리 위 헬리콥터를 보았다. 신호탄도 제때에 보냈다. 그리고 제때에 구조되었다!

 벤은 두 눈을 감고 숨을 깊이 들이마셨다. 마침내 마음이 차분해졌다. 부서진 조각 중에 쓸 만한 게 있는지 둘러보았다. 마침내 무슨 깡통이 흘끗 보였다. 과일 주스였다. 윗부분을 닦아 내고 깡통에 든 주스 반을 게걸스럽게 먹어 치웠다. 나머지는 더러운 손 위에 부어 니아가 핥아 먹게 했다.

 여전히 목이 말랐다. 그래도 주스를 마시니 조금이나마 기운이 되살아났다.

 벤은 니아를 안아 올렸다. 그리고 흐릿한 파란 눈을 들여다보았다.

 처음으로 니아가 어떻게 쓰나미에서 살아남았는지, 어떻게 매트리스 위로 몸을 들어 올렸는지, 어떻게 누군가 자신을 찾아내게 했는지 궁금했다.

 해리가 옳았다. 니아는 제다이 기사만큼이나 다부졌다.

 "우린 사람들을 찾을 거야, 그렇지?"

벤이 니아에게 말했다. 고양이에게 말을 거는 게 이제 더 이상 미친 짓처럼 느껴지지 않았다.

"미야옹! 미야옹!"

니아가 말했다.

벤은 그것을 '그렇다'는 의미로 받아들였다.

벤은 조심스레 니아를 자신의 목에 둘렀다.

그리고는 바다를 등지고 산 쪽을 바라보았다.

그리고 걸었다.

쓰나미의 끝

다음 날 새벽
소가하마 초등학교

벤은 학교 체육관 바닥 위에 담요로 몸을 감싸고 누웠다. 니아는 벤의 배 위에서 쿨쿨 잠이 들었다. 둘 다 몸을 와들와들 떨었다. 학교에 전기가 들어오지 않아서 손전등 불빛 몇 개를 빼고는 어두컴컴했다.

벤은 주위 사람들을 둘러보았다. 적어도 50명이 돗자리나 담요 위에 누워 있었다. 노인, 오지상보다 나이가 많은 어른, 젊은 사람, 아기와 함께 있는 엄마, 혼자 있는 남자 들이 있었다. 사람들은 소곤소곤 중얼거렸다. 누군가는 낮게 흐느꼈다.

여기가 바로 지난밤에 벤과 니아가 터벅터벅 무거운 발걸음으로 쓰레기 더미를 뚫고 도착한 곳이었다. 언덕 위의 학교.

벤과 니아는 몇 시간을 걸었다. 벤은 걸으면서 보았던 끔찍한 모습을 잊을 날이 있기를 바랐다. 부서진 건물 더미 아래로 불쑥 튀어나온 팔, 축 늘어진 여자를 등에 업고 가는 노인.

벤은 무너진 집 앞에서 꼼짝도 하지 않고 앉아 있는 젊은 남자를 지나쳤다. 벤은 혹시라도 그 남자에게 도움이 필요한지 보려고 다가갔다. 하지만 그 남자는 동상처럼 앉아 그저 앞만 멍하니 바라보며 눈도 거의 깜빡이지 않았다. 벤은 그 남자 앞에 앉아서 기다렸지만 남자는 말을 하지도, 벤을 쳐다보려 하지도 않았다.

벤은 계속 걸었다. 그러다가 마침내 쓰나미가 휩쓸고 간 곳의 끝자락에 도착했다. 언덕 위에 학교가 보였다. 학교로 올라가는 일은 벤이 마을을 향해 걷기 시작한 이래 가장 힘이 들었다. 그 즈음, 어찌나 추운지 벤은 온몸에 감각이 없었다. 발은 얼음장이었다.

작년 체육 시간에 벤은 체온이 떨어지면 몸이 어떻게 되는지를 배웠다. 근육이 제대로 움직이지 않는다. 정신이 흐려진다. 심장 박동이 떨어져 피가 제대로 흐르지 않는다.

벤의 상태가 바로 그러했다. 학교 1층에 다다랐을 즈음, 벤은 더 이상 걸을 수조차 없었다. 꽁꽁 언 몸으로, 벤은 목덜미에서 바들바들 떨고 있는 고양이와 함께 학교 안으로 휘청휘청 걸어 들어갔다.

벤은 바닥에 쓰러졌다.

그러고 나서는 기억이 흐릿했다.

굵은 팔뚝이 벤을 들어 올렸다. 부드러운 목소리가 벤에게 말을 걸고 따뜻한 담요가 몸을 감쌌다. 보드라운 손이 얼굴의 진흙을 닦아 냈다. 누군가 입에 물 컵을 대 주어 벤은 물을 마셨다. 벤은 정신이 오락가락하는 가운데 잠으로 빠져들었다.

한참 뒤 벤은 자신이 체육관 바닥에 누워 있다는 것을 알아차렸다. 진흙투성이 옷은 사라지고 낡은 스웨터와 운동복 바지를 입고 있었다. 니아도 털에 묻어 있던 기름을 씻어 내어 깨끗했다. 벤의 한쪽 손에는 붕대가 감겨 있었다. 다리는 온통 긁히고 베인 상처투성이였다.

사람들이 벤을 돌봐주었지만, 벤은 그 사람들이 누군지 몰랐다.

전기가 들어오지 않으니 학교가 너무 추웠다. 벤은 담요 속에서 몸을 오들오들 떨었다. 그나마 니아의 깡마른 몸이라도 배 위에 있으니 조금 따뜻했다.

벤 옆에는 여자아이와 엄마가 누워 있었다. 엄마는 잠들어 있지만 여자아이는 잠에서 깨어나 벤을 뚫어져라 바라보고 있었다. 해리 나이쯤 되는 것 같은데, 헬로키티 인형을 감싸 안고 있었다. 여자아이가 일어나 앉더니 벤에게 물병을 슬쩍 내밀었다.

이렇게나 목이 말랐던 적이 있었는지 모르겠다. 파도의 쓰디쓴 맛이 벤의 혀에 감돌았다.

벤은 가까스로 살짝 웃어 보였다. 그리고 고개를 저으며 괜찮다고 말했다. 벤은 그 아이한테서 물을 받을 수가 없었다.

아이는 엄마를 깨워 작은 목소리로 속삭였다.

아이 엄마가 일어나 앉았다. 흐린 불빛 아래에서도 벤은 아이 엄마의 얼굴에 드리운 슬픔과 두려움을 읽을 수 있었다. 아이의 아빠는 어디 있을까 벤은 궁금했다.

아이 엄마는 벤에게 친절하게 웃어 보였다.

심지어 영어로 이야기도 했다.

"괜찮아. 필요하면 먹어도 돼."

엄마는 물병을 벤에게 내밀었다. 그런 다음 가방에서 과자 봉투를 하나 꺼냈다.

"먹으렴."

아이와 엄마에게도 음식이 충분하지 않으니 거절해야 된다는 걸 알았지만, 벤은 버틸 수가 없었다.

다행히 고맙다는 말은 일본어로 알았다.

"아리가토. 아리가토."

벤은 물을 반쯤 마시고 니아에게도 나누어 주었다. 조금은 나중을 위해 남겨 두었다.

얼마 있다가 벤은 눈을 감고 서서히 잠속으로, 꿈속으로 빠져들었다.

아빠 꿈을 꾸었다. 이번에는 함께 소가하마에서 소나무 숲을 걷고, 바닷가를 달리고 있었다.

꿈속 어딘가에서 한 남자가 벤을 불렀다. 하지만 그건 아빠의 목소리도, 오지상의 목소리도 아니었다.

벤은 눈을 떴다.

벤 옆에 한 남자가 앉아 있었다. 그 남자가 말했다.

"안녕, 친구. 다시 만나길 바랐어."

사토 의사였다.

벤의 임무

벤과 의사는 텅 빈 교실에 함께 앉았다. 의사가 벤에게 사과와 물을 주었다. 벤은 둘 다 게걸스럽게 먹어 치웠다.

벤은 의사에게 쓰나미 때 무슨 일이 일어났는지, 엄마와 해리 그리고 오지상과 어떻게 헤어졌는지 들려주었다.

"모두 사라졌어요."

벤이 말했다.

"아니야, 네 가족은 사라지지 않았어."

의사가 다가와 벤의 손을 꼭 잡았다.

"사람들은 여기저기 흩어져 있단다. 기다려 봐. 여기는 안전해. 기다려 보자."

의사가 벤의 눈을 들여다보았다. 아주 잠깐 동안, 벤은 아빠가 벤을 바라보던 모습을 떠올렸다. 벤은 농구 경기를 하다가도 관람석에 있는 아빠를 흘끗 보곤 했다. 팀이 이기든지든, 벤이 잘 하든 못 하든 상관없었다. 아빠는 언제나 벤을 굳게 믿는 것 같아 보였다. 그 모습은 절대 흔들리지 않았다.

의사는 벤에게 자신의 이야기를 들려주었다. 지진이 일어났을 때 집에 어떻게 도착했는지. 의사의 집은 학교 너머 언덕 높은 곳에 있었다. 쓰나미가 들이닥쳤을 때 의사는 집 현관에 서 있었다. 의사의 얼굴이 어두워졌다.

"쓰나미가 소가하마를 파괴하는 걸 보았단다."

병원으로 출근해 봤자 소용 없었다. 그래서 학교로 왔단다.

"사람들에게 도움이 필요할 것 같았거든."

사람들은 모두 벤에게 마음을 써 주었다. 학교 복도에서 벤이 쓰러졌을 때 벤을 일으켜 세운 사람이 바로 사토 의사였다. 선생님 두 명이 의사를 도와 상처를 씻어 주고, 옷을 가져다주고, 잠을 잘 수 있도록 체육관으로 데려가 주었다.

의사가 말했다.

"너와 함께 있고 싶었지만, 살아남은 사람들이 있는지 밤에 나가 봐야 했단다."

의사가 잠시 먼 곳으로 눈길을 돌렸다. 벤은 살아남은 사람들이 없다는 걸 알아차렸다.

벤이 깊은 생각에 빠지기도 전에, 여자 둘이 들어와 의사에게 말을 건넸다. 두 명 다 이 학교 선생님이었다.

선생님과 의사가 일본어로 한참을 이야기하는데, 사이사이 벤의 이름이 흘러나왔다. 마침내 이야기가 끝나자 선생님들이 벤을 향해 웃어 보이고는 밖으로 나갔다.

의사가 말했다.

"우린 할 일이 무척 많단다. 우리한테 도움의 손길이 오려면 며칠은 걸릴 거야. 마을은 완전히 고립됐단다. 우리가 직접 음식과 물을 찾아내야 해. 게다가 부모를 아직 찾지 못한 아이들이 열 명 있단다. 우리가 이 아이들을 돌봐야 해."

벤은 의사가 말하는 '우리'에 자신도 포함된다는 사실을 깨닫는 데 시간이 좀 걸렸다.

의사는 방금 만났던 선생님 둘이 여기에서 밤을 지새웠다고 설명해 주었다.

"이제 그분들은 가족을 돌보러 가야 해."

벤은 고개를 끄덕였다.

"그분들이 없는 사이에 네가 몇몇 아이들을 돌볼 거라고 말씀드렸단다."

벤은 의사를 멍하니 바라보았다.

벤에게 아이들을 돌보라는 말인가? 지금 이 순간 벤이 어떻게 남을 돌볼 수 있단 말인가? 엄마, 해리 그리고 오지상이 걱정스러운 이때, 벤이 도대체 뭘 할 수 있단 말인가?

하지만 벤이 미처 말을 하기도 전에 선생님 한 명이 돌아왔다. 어린아이 세 명과 함께였다. 대여섯 살은 되어 보였는데, 모두 사내아이였다.

선생님은 벤에게 아이들을 소개해 주었다. 카주, 히데키, 그리고 아키라.

아이들은 수줍어하는 것 같기도 하고, 겁을 먹은 것 같기도 했다. 그런데 갑자기 니아가 앞으로 나섰다.

"미야옹! 미야옹!"

아이들이 킥킥 웃음을 터뜨렸다.

의사가 일본어로 아이들에게 몇 마디 건넸다. 그러고 나서 벤에게 말했다.

"네가 이 아이들의 선생님이라고 말했단다. 네가 이 아이들을 돌볼 거라고."

의사가 벤의 등을 토닥이면서 덧붙여 말했다.

"나는 다른 사람들과 나가서 구호품을 구할 수 있는지 알아봐야 해. 오후에 돌아올 거야."

순식간에 의사와 선생님이 나가 버렸다.

아이들은 기대에 찬 눈빛으로 벤을 바라보았다. 벤은 입을 열어 뭔가를 말하려고 했다. 그러다 문득 이 아이들이 영어를 이해하지 못한다는 사실이 떠올랐다. 이 아이들과 무얼 해야 할까? 전기도 들어오지 않으니 텔레비전도 볼 수 없고, 비디오 게임도 할 수가 없었다.

벤은 창밖으로 운동장을 내다보았다. 미끄럼틀 뒤에 농구대가 보였다. 체육관 구석에서 농구공을 본 기억이 났다.

벤은 아이들을 밖으로 이끌었다. 모두 추위로 몸을 떨었지만 곧 아이들은 운동장을 이리저리 뛰었다. 뻣뻣하던 벤의 근육도 풀어졌다. 하늘에 해가 높이 솟아오르자 아이들은 웃옷을 벗었다. 아이들은 열심히 움직였다. 곧 운동장은 농구공 튕기는 소리와 아이들의 웃음소리로 가득 찼다.

점심을 먹은 다음 아이들은 정글짐에 올라가 쉬었다. 벤은 혼자 자유투와 3점 슛을 연습했다. 기분이 얼마나 좋아졌는지, 또 자신이 농구를 얼마나 하고 싶어 했는지를 깨닫고는 깜짝 놀랐다.

어느 순간, 벤은 농구대에서 가능한 한 멀리 서 있었다. 벤과 아빠는 가장 먼 곳에서 누가 공을 잘 던져 넣는지 내기를 하곤 했다. 아이들은 정글짐을 기어오르다 말고 벤을 바라보았다.

통! 통! 통!

벤이 공을 던졌다.

공이 바람을 가르는 순간, 누군가 벤의 이름을 소리쳐 불렀다.

"형!"

벤이 고개를 돌렸다.

"형!"

해리가 있는 힘을 다해 팔다리를 허우적거리며 달려오고 있었다. 활짝 웃는 얼굴 위로 눈물이 주룩주룩 흘렀다.

해리 뒤에 오지상과 엄마가 있었다.

골인!

집으로 가는 길

2011년 3월 25일
일본 도쿄, 나리타 국제 공항

비행기에서 벤은 엄마와 해리 사이에 앉았다. 곧 비행기가 떠오를 것이다.

쓰나미가 일어난 뒤 2주가 흘렀다. 벤의 가족은 미국에 있는 집으로 향하는 중이다.

승무원이 지나가며 엄마에게 전화기를 꺼 달라고 말했다. 벌써 세 번째이다. 엄마는 사토 의사와 통화 중이었다. 두 사람은 지난 2주 내내 소가하마에 필요한 구호품을 구하기 위해 함께 일했다. 공군에 있는 엄마 친구들이 두 사람을 도와주고 있었다.

마침내 엄마가 의사에게 인사말을 건네고 전화를 끊었다.

엄마는 벤을 보고 미소 짓더니 머리를 뒤로 젖히고 눈을 감았다. 요즈음 잠을 실컷 잔 사람은 아무도 없었다.

해리의 무릎 위에는 니아를 담은 동물 우리가 있었다. 해리는 우리를 좌석 밑에 내려놓기 전에 마지막으로 늙은 고양이의 머리를 쓰다듬어 주었다. 오지상이 니아를 집으로 데리고 가서 돌봐 달라고 부탁했고, 당연히 식구들은 대환영이었다.

벤이 해리의 팔 위에 난 상처를 보며 말했다.

"네 상처가 다스 베이더 것보다 더 근사한데."

"당연하지."

해리가 씩 웃으며 말했다.

벤은 해리가 별다른 상처 없이 재난을 이겨 냈다는 사실이 놀라웠다. 기적처럼 엄마와 해리 그리고 오지상은 차에서 튕겨져 나간 뒤에도 함께 있었다. 물살은 벤의 가족을 소가하마에 하나밖에 없는 아파트 주차장으로 밀어냈다. 식구들은 건물에 물이 차오르기 전에 계단으로 허둥지둥 올라갔다. 옥상에 도착한 다음엔 수십 명의 사람들과 함께 물이 빠질 때까지 기다렸다.

다른 사람들처럼 해리 또한 그 끔찍한 상황을 직접 지켜보았다. 해리는 거의 매일 밤 악몽을 꾸었다. 작은 소리만 들려도 깜짝깜짝 놀랐다.

벤도 그랬다. 함께 있다는 것이, 무사하다는 것이 얼마나 다행스러운지 벤은 깨달았다.

하지만 많은 사람들이 큰 슬픔에 빠져 있는데 혼자 행복하기는 어려웠다. 일본을 강타한 이번 지진은 지금껏 가장 강력했다. 세계에서 네 번째 강력한 지진이었다. 쓰나미는 일본 해안가 수백 킬로미터에 걸쳐 도시와 마을을 파괴했다.

셀 수 없이 많은 사람들이 목숨을 잃었고, 수천 명의 사람들이 여전히 실종 상태이다. 마침내 아키라의 부모님과 히데키의 부모님이 아이를 찾으러 왔을 때처럼 행복했던 순간도 있었다. 하지만 대부분의 사람들은 가족을 찾을 수 없었다. 결국 카주는 도쿄에 사는 이모가 데리러 왔다.

쓰나미 소식을 전하는 뉴스를 들으며 두려움에 떨고 있을 때, 또 다른 재난이 일어났다. 지진과 쓰나미가 소가하마로

부터 60킬로미터 정도 떨어진 후쿠시마에 있는 원자력 발전소를 파괴한 것이다. 방사능 물질이 원자력 발전소에서 새어 나왔다. 아주 적은 양의 방사능이라 하더라도 사람에게 병을 일으킬 수 있다. 특히 아이들에게. 원자력 발전소 근처에 사는 사람들은 모두 집을 떠나야 했다. 잠시 동안, 사람들은 방사능 구름이 소가하마 또는 그 너머까지 퍼질까 걱정했다.

지난 며칠, 후쿠시마에서 들려온 소식은 그나마 다행이었다. 바람이 방향을 틀어서 방사능 물질을 품은 구름이 바다로 불어 갔다고 했다. 소가하마의 생활도 나아졌다. 마을로 가는 도로 중 일부가 예전의 모습을 되찾아 음식과 물이 사람들에게 전달되었다.

벤은 꾸준히 해리를 지켜보았다. 물론 제다이 고양이가 이들을 보호해 주었다.

모두에게 가장 걱정스러운 것은 오지상이 앞으로 어떻게 살까 하는 문제였다.

집이 사라졌다.

많은 친구들도 사라졌다.

벤의 가족은 오지상에게 미국으로 함께 떠나자고 했다.

"적어도 몇 달 만이라도요."

엄마가 말했다.

하지만 오지상은 그러지 않았다.

벤은 그 이유를 알게 되었다. 벤이 미국으로 떠나기 이틀 전, 벤과 오지상은 마침내 함께 산책을 했다. 둘은 학교 너머 언덕을 향했다. 그리고 거기에서 마을을 내려다보았다. 벤은 바다를 바라보는 오지상의 눈에 눈물이 고이는 걸 보았다. 바다는 진흙과 부서진 건물 조각들로 넘쳐나고 있었다. 하지만 오지상의 목소리에서 어떤 결심이 느껴졌다.

오지상이 말했다.

"우리가 치워야지. 새 집을 지을 거야."

사람들 사이에서 땅이 높은 곳에 건물을 새로 짓자는 이야기가 이미 돌고 있었다.

오지상이 벤을 향해 돌아섰다.

"이곳 사람들이 소가하마를 다시 일으켜야지. 우리가 함께 해야지. 우리가 시작해야지."

우리가 시작해야지.

오지상은 이번 여름에 캘리포니아에 들르겠다고 약속했다. 사토 의사도 함께 올 것이다. 캘리포니아에서 회의가 있어 오는 길에 일주일 동안 머무르며 함께 지내기로 했다.

비행기는 서서히 활주로로 이동했다. 벤은 아빠와 함께 비행기 타는 게 늘 즐거웠다. 아빠는 비행기에 대해 자세히 설명해 주고, 비행기에서 들려오는 소리마다 그 의미를 알려주곤 했다. 벤은 이제 아빠 목소리가 들리는 것 같았다. 마치 아빠와 함께 있는 것 같았다.

문득 엉뚱한 생각이 떠올랐다. 해리의 소원이 이루어졌다고. 어쩌면 그건 오지상 집에 있는 벚나무의 마법일지도 몰랐다. 왜냐하면 아빠가 조금은 벤에게 돌아왔으니까.

지진이 일어나 공포에 빠진 순간 함께했던 사람은 아빠였다. 아빠의 지혜가 벤이 폐허 속에 혼자 남아 절망에 빠졌을 때 벤의 마음에 울려 퍼졌다.

아빠가 벤의 마음속에, 벤의 심장에 있었다.

아빠는 언제나 함께 있을 것이다.

비행기가 앞으로, 더 빠르게, 더 빠르게, 더 빠르게 나아가기 시작했다.

해리가 벤의 한쪽 손을 잡았다. 엄마는 나머지 한쪽 손을 잡았다. 벤도 손을 꼭 잡았다.

함께 집으로 가는 여행이 시작되었다.

작가의 말

세 가지 재난

일본어는 배우기 어렵습니다. 그리고 외국어로 쉽게 전달되지 않는 말도 많지요. 그런 말 중에 하나가 '가만(がまん)'입니다. 끔찍한 일이 일어났을 때에도 굳건히 참아 낸다는 뜻입니다. 한국어로는 '인내심'이라고 표현할 수 있습니다.

일본인들은 자신들이 지닌 '인내심'을 꽤 자랑스러워합니다. 1923년 도쿄를 파괴했던 지진과 화재부터 1945년 온 나라를 파괴했던 제2차 세계대전 패망에 이르기까지, 끔찍한 사고와 전쟁의 폐허를 딛고 일본을 다시 일으키는 데 '인내심'이 큰 힘이 되었기 때문입니다. '인내심'은 수백만 일본인들이 2011년 3월 11일에 일어난 엄청난 재난에서도 벗어날 수 있도록 해 주었습니다.

그날 시작된 연이은 재난은 동일본대지진과 쓰나미로 알려졌습니다. 이 재난은 세 가지로 나눠 볼 수 있습니다. 각각의 재난은 하나같이 무시무시해서 한 가지 재난만으로도 책 한 권을 쓸 수 있을 정도입니다.

제일 먼저, 태평양 바다 밑에서 2011년 3월 11일 오후 2시 46분에 강력한 지진이 발생했습니다. 지진이 시작된 곳은 일본 동북 해안에서 약 130킬로미터 떨어진 곳입니다. 대부분의 지진은 단 몇 초 동안 이어집니다. 그런데 동일본대지진은 몇몇 지역에서 5분 이상 이어졌습니다.

5분 이상!

그게 어떤 느낌인지 이해하기 위해, 언젠가 내가 해 본 실험을 여러분에게 추천합니다. 타이머를 5분으로 맞추고 의자에 앉습니다. 의자에 앉은 채 이렇게 상상해 보세요. 온 집 안이 흔들리고, 사방은 온통 폭발 소리로 가득 차고, 여러분은 엄청난 공포에 빠져 있다고.

마침내 그 흔들림이 멈추었을 때, 크나큰 안도감이 들 것입니다. 하지만 가장 나쁜 상황은 아직 오지 않았습니다. 지진이 몰고 오는 거대한 쓰나미가 있으니까요.

　해안가에 사는 일본 사람들은 지진이 발생하면 쓰나미(어마어마하게 크고 강력한 파도)가 밀려온다는 것을 알고 있습니다. 일본 해안가에 있는 언덕을 걷다 보면 쓰나미의 흔적을 발견할 수 있습니다. 쓰나미가 어디까지 밀려왔는지 알려주는 돌이 세워져 있기 때문이지요.

　이런 돌은 쓰나미에서 살아남은 사람들이 생각해 낸 것입니다. 쓰나미가 일어나기 쉬운 지역에서 바닷가 근처에 사는 것이 얼마나 위험한지 자손들에게 경고하기 위해 세운 것입니다. 이 돌에는 이런 글귀가 적혀 있습니다. "이 지점 아래에는 건물을 짓지 마시오." 또는 "쓰나미가 여기까지 왔습니다." 돌 중에는 500년이 넘은 것도 있습니다.

　하지만 사람들은 조상의 경고를 잘 따르지 않는 것 같습니다. 일본의 해안가에는 집과 상점, 공장이 즐비합니다. 많은 일본인들은 현대 과학 기술이 자연의 힘으로부터 자신들을 보호해 줄 것이라고 믿습니다.

　실제로 일본은 세계에서 가장 훌륭한 쓰나미 경보 체계

를 갖추고 있습니다. 많은 해안 지역에는 쓰나미를 막기 위해 거대한 방파제를 세워 놓았습니다. 2011년 3월 11일, 지진이 발생한 뒤 몇 분 안에 해안 지대에 재난 경보 안내가 끊임없이 방송되었습니다. 사이렌도 울렸습니다. 휴대전화로 안내 문자메시지를 보내고, 텔레비전에서는 사람들에게 높은 곳으로 올라가라고 안내했습니다.

하지만 방파제와 경고 방송도 자연의 힘 앞에서는 아무 소용 없었습니다. 어떤 지역에서는 30미터도 넘는 파도가 치솟았습니다. 30미터는 아파트 13층 높이쯤 된답니다. 그런 파도가 덮치니 방파제가 모래성처럼 산산조각 났습니다. 배가 건물 지붕 위로 둥둥 떠다녔습니다. 많은 사람들이 더 높은 곳으로 탈출하려 했지만 파도가 사람들을 따라잡았습니다. 바다에서 8킬로미터 떨어진 마을까지도 쓰나미가 덮쳤습니다. 8킬로미터는 어른 걸음으로 2시간이 걸리는 거리입니다. 누구도 그곳까지 쓰나미가 밀려오리라 생각하지 못했습니다.

셀 수 없이 많은 사람들이 2011년 3월 11일 목숨을 잃었습니다. 수천 명 이상의 사람들이 다쳤고, 수천 명은 여전히 찾지 못했습니다. 수십만 채의 집이 무너지거나 물에 쓸려 나갔습니다. 마을 전체가 흔적도 없이 사라졌습니다.

마침내 물이 빠졌을 때, 또 다른 재난이 후쿠시마 다이이치 원자력 발전소에 들이닥쳤습니다. 지진과 쓰나미로 원자력 발전소가 파괴된 것입니다. 곧 유독 가스와 연기가 공기 중으로 스며들어 방사능 물질이 포함된 구름이 만들어졌는데, 이것이 사람과 동물의 생명을 위협했습니다. 방사능 물질을 조금이라도 들이마시면 엄청난 질병을 앓을 수 있기 때문입니다.

지진과 쓰나미의 공포에서 살아남은 약 20만 명의 사람들은 발전소 주변으로 수 킬로미터에 걸쳐 퍼져 있는 유독성 구름을 피해 달아나야 했습니다. 그 뒤에도, 대부분의 사람들은 돌아가지 못했습니다. 몇몇 마을은 방사능에 심하게 오염되어 완전히 버려진 땅이 되었습니다. 텅 빈 집과 상점, 학교만이 유령 마을로 변해 거리를 지키고 있습니다. 사람들이 다시 안전하게 그곳에서 살아가려면 수십 년이 걸릴 것입니다.

  이 시리즈의 책 한 권을 완성하려면 자료를 찾고 글을 쓰느라 몇 달이 걸립니다. 글쓰기를 마치면, 나는 내가 다룬 재난에서 살아남은 사람들의 기분이 어떠했는지 충분히 상상할 수 있습니다. 하지만 동일본대지진과 쓰나미는 정말 너무도 어마어마해서 어떠했을지 상상조차 할 수가 없었습니다.

  나는 마음속 깊이 일본 동부 지역에 사는 수백만 사람들을 존경합니다. 나는 이들이 자신들을 이끌어 주는 '인내심'을 바탕으로, 다시 굳세게 앞으로 나아갈 것이라고 믿습니다.

- 로렌 타시스

한눈에 보는 재난 이야기 ①

2011년 3월 11일, 일본에서는 무슨 일이 있었나?

땅이 흔들린다! - 지진

우리가 사는 지구는 크고 작은 거대한 암석으로 이루어져 있다. 이 암석이 갈라지거나 부서지면서 그 충격으로 땅이 흔들리는데, 이를 '지진'이라 부른다.

지진이 일어나면 엄청난 에너지가 발생한다. 지진이 시작된 곳을 '진원'이라 하고, 진원 바로 위에 있는 지표면을 '진원지'라고 부른다. 진원지에서 가까울수록, 또한 진원이 지구 표면에서 가까울수록 그 피해는 크다.

지진의 크기를 측정하는 기준을 '진도'라고 한다. 지진의 크기는 사람이 느낄 수 없을 정도로 약한 것부터 건물이 무너질 정도로 강한 것까지 다양하다. 2011년 동일본대지진은 진도 9.0으로, 지금까지 일본에서 일어난 지진 중 가장 강력했다. 또한 세계에서 네 번째로 넓은 지역에 영향을 미쳤다. 지진이 시작된 곳은 일본 동북 해안에서 약 130킬로미터 떨어진 태평양 바다 밑이었다.

강력한 지진이 한 번 발생하면 약한 지진, 즉 '여진'이 여러 차례 이어진다. 동일본대지진 때도 며칠 동안 강력한 여진이 이어져, 도쿄를 비롯한 수많은 지역에서 건물이 무너지고 불이 나 많은 피해를 입었다.

거대한 파도가 몰려온다! - 쓰나미

바다 밑에서 급격한 변화가 일어나면 큰 파도가 생기는데 이를 '해일'이라고 한다. 해일의 피해를 가장 많이 입어 온 일본에서는 해일을 '쓰나미'라고 불렀는데, 이제는 세계 여러 나라 사람들도 '쓰나미'라고 부른다. 쓰나미는 한 번의 파도가 아니라 연이은 파도를 일컫는다. 대부분 처음 발생한 파도는 그리 강력하지 않다.

쓰나미는 주로 바다 깊숙한 곳에서 일어나는 지진 때문에 발생한다. 산사태, 화산 폭발, 운석 충돌로 발생하기도 한다. 바다에서는 바람이 바다의 표면을 움직여 항상 파도가 일정하게 일지만, 쓰나미는 보통 파도와 다르다. 파도는 높이가 낮고 해안가에 닿기 전에 에너지의 대부분을 잃어버리지만, 쓰나미는 파도의 높이가 높고 해안가에 닿아도 에너지를 잃지 않는다. 그래서 평소에 바닷물이 닿지 않던 마을 깊숙이까지 파도가 밀려온다.

쓰나미가 일어나는 과정

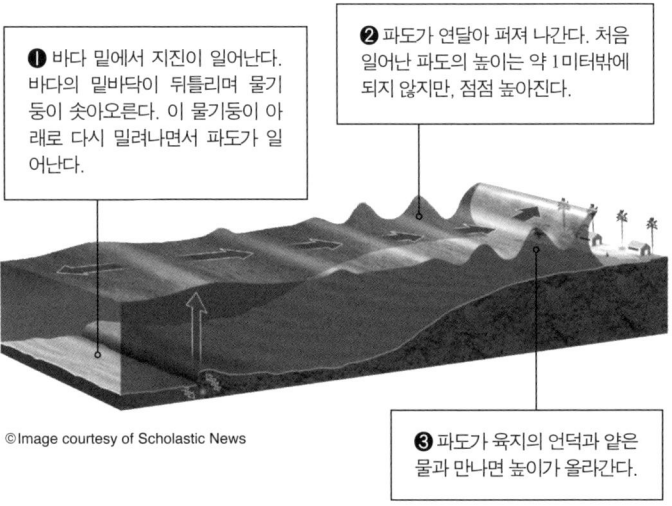

❶ 바다 밑에서 지진이 일어난다. 바다의 밑바닥이 뒤틀리며 물기둥이 솟아오른다. 이 물기둥이 아래로 다시 밀려나면서 파도가 일어난다.

❷ 파도가 연달아 퍼져 나간다. 처음 일어난 파도의 높이는 약 1미터밖에 되지 않지만, 점점 높아진다.

❸ 파도가 육지의 언덕과 얕은 물과 만나면 높이가 올라간다.

©Image courtesy of Scholastic News

동일본대지진의 쓰나미는 수백 킬로미터나 길게 이어졌으며, 일본 동북 해안을 따라 500킬로미터 이상에 걸쳐 크고 작은 도시와 마을을 파괴했다. 일본 해안의 일부 지역에서 파도 높이는 30미터 이상이었고, 물살은 육지로 8킬로미터나 밀려 들어갔다. 지금껏 최대 규모로 기록되었다.

방사능이 새어 나온다! - 후쿠시마 원자력 발전소 사고

지진이 발생하고 나서 50분 정도 지난 뒤, 높이 15m 정도의 쓰나미가 후쿠시마 다이이치 원자력 발전소까지 밀려들었다. 곧 원자력 발전소가 바닷물에 잠겨 버렸고, 전기가 끊기고 비상용 발전기까지 정지되어 원자로의 냉각 장치도 꺼졌다. 이것은 무엇을 의미할까? 이것이 얼마나 위험한지 알기 위해서 먼저 원자력 발전을 알아보자.

우리가 전등, 컴퓨터, 텔레비전 등을 사용하려면 전기가 필요한데, 전기를 만들기 위해서는 커다란 발전소가 있어야 한다. 석탄, 가스, 태양열, 수력, 풍력을 이용해 전기를 만들어 내기도 하고, 원자력을 이용해 전기를 만들어 내기도 한다.

원자력 발전소에서는 우라늄에 핵분열을 일으켜 아주 뜨거운 열을 발생시킨다. 이 열이 물을 끓이면 물은 증기를 발생시키는데, 이 증기로 전기를 만들어 낸다. 원자력 발전으로 얻는 에너지는 사실 깨끗한 에너지로, 공기를 거의 오염시키지 않는다. 하지만 원자력 발전소가 피해를 입으면 상황은 걷잡을 수 없이 나빠진다. 방사능이 새어 나오면서 사람과 환경에 치명적인 영향을 미치기 때문이다. 후쿠시마에서 바로 이런 일이 일어났다. 지진과 쓰나미가 원자력 발전소를 덮치자 전기가 끊어지면서 원자로를 식혀 주는 냉각 장치가 꺼졌고, 곧바로 불이 나고 발전소가 폭발했다. 증기와 연기, 그리고 물이 발전소에서 새어 나왔다. 새어 나온 물과 연기에는 미세한 방사능 입자가 포함되어 있다. 방사능은 사람을 비롯한 모든 생명체에 무척 해롭다. 방사능 물질은 그냥 사라지지 않는다. 씻는다고 없어지지 않는다. 수십 년 또는 수백 년 동안 사람과 자연에 위험 요소로 남아 있다.

기록으로 보는 2011년 동일본대지진과 쓰나미

- 2011년 3월 11일 오후 2시 46분, 태평양에서 진도 9.0 지진 발생
- → 오후 3시쯤, 일본 동북 해안 지역에 쓰나미 경보 및 주민 대피령
- → 해안 지역에 쓰나미 발생(파도 높이가 30미터 이상 되는 곳도 있었음)
- → 후쿠시마 원자력 발전소(제1원전, 제2원전)의 발전기 가동 정지
- 2011년 3월 12일~3월 15일, 후쿠시마 원자력 발전소 폭발 및 원자로 건물 바깥벽 붕괴, 방사능 유출
- 약 16,000명 사망 ㅣ 약 6,100명 부상 ㅣ 2,668명 실종
  건물 약 13만 채가 완전히 무너지고, 약 100만 채가 많이 파손됨

한눈에 보는 재난 이야기 ②

우리나라는 지진과 쓰나미에 안전한가?

일본은 지진이 자주 일어나는 지역이다. 그래서 건물을 지을 때 지진을 견딜 수 있도록 공들여 왔다. 하지만 우리나라는 일본에 비해 지진에 안전한 지역에 있기 때문에, 지진에 대한 대비를 거의 하지 않았다. 따라서 약한 지진이 일어나도 건물이 쉽게 무너질 수 있다. 기상 이변이 심해지는 오늘날, 반드시 지진에 견딜 수 있도록 건물을 설계해야 한다.

건물 안에 있을 때 지진이 일어났다면, 일단 머리 위로 물건이 떨어지지 않도록 식탁이나 책상 등 튼튼한 버팀목이 되어 줄 수 있는 곳 아래로 피해야 한다. 또한 창문이나 거울 등 쉽게 깨질 수 있는 물건에서 멀리 떨어져 있어야 한다. 거리에 있다면 몸을 낮추고 진동이 그칠 때까지 그 자리에 있어야 하며, 가로등, 전선, 건물 가까이 가지 않아야 한다. 지진이 일어나면 건물이 무너지면서 가스 배관이 터지고 전선이 끊겨 불이 날 위험도 크므로, 전열 기구의 전원을 끄고 가스 밸브를 잠근다.

지진이 그쳤더라도, 언제 여진이 올지 모르니 안전한 곳으로 대피해 있어야 한다. 평상시 민방위 훈련이나 지진 대피 체험학습 때 관심을 가지고 행동 요령을 익혀 두는 것도 좋은 방법이다.

전 세계에서 발생하는 쓰나미 중 대부분이 태평양에서 일어난다. 우리나라는 일본이 '방파제' 역할을 해 주기 때문에 쓰나미에 안전한 편이다. 그렇다고 안심할 수는 없다. 일본의 서쪽 바다 밑에서 지진이 일어나면, 동해안에도 쓰나미가 발생할 수 있기 때문이다. 만약 쓰나미가 예보되었다면, 무조건 해안에서 빠져나와 높은 곳으로 이동해야 한다. 미처 달아날 수 없다면 주변에 있는 높은 건물 꼭대기로 올라간다.

방사능 유출은 눈에 보이지 않지만 매우 심각한 재난이다. 우리나라에도 동해안을 따라 원자력 발전소가 들어서 있으므로, 후쿠시마 원자력 발전소 사고와 같은 재난이 일어나지 않도록 정부가 빈틈없는 대책을 마련해야 한다.

만약 방사능 유출 사고가 일어나면, 정부가 알려주는 정보에 귀 기울여야 한다. 가장 중요한 것은 방사능 유출이 영향을 줄 수 있는 지역을 빨리 벗어나는 것이다. 건물 안에 있을 경우엔 바깥으로 통하는 문을 모두 닫고 외출을 하지 않아야 한다. 또한 방사능 오염이 됐는지 안 됐는지 확인되지 않은 음식과 물은 먹지 말아야 한다. 건물 밖에 있을 경우엔 콘크리트 건물 안으로 대피하고, 건물 안이라도 지하보다는 높은 곳이 좋다.

- 신재일(옮긴이)